한국 희곡 명작선 170

무적(霧笛), 끝섬에서 울다

한국 희곡 명작선 170

무적(霧笛), 끝섬에서 울다

이희규

평민사

히

희

규

무적(霧笛), 끝섬에서 울다

등장인물

노인 _70대 남자. 등대지기
기림 _졸업을 한 달 앞둔 고3 남학생
모현 _30대 여자
심산 _40대 남자. 모현의 남편
(기타 소리 : 방송, 해양순찰선 무전통화, 엄마, 등등은 그냥 목소리로 처리해도 되지만, 필요한 경우는 영상으로 처리해도, 등장인물로 무대 위에서 형상화해도 좋겠다)

때
현대

장소
바닷가 섬 절벽 위, 무인 등대로 전환될 끝섬 등대

프롤로그

무대는 안개에 싸여 있다. 뒷배경 막에 실루엣 영상으로 보이는 하얀 등대.

무적(霧笛)이 울릴 때마다 바다를 향한 등대의 불빛이 객석과 뒷배경을 깜박이며 돈다. 그럴 때마다 등대는 사라졌다가 다시 나타나곤 한다.

어둠 속에서 들리는 기상예보.

'남해안과 서해안 지방으로 안개가 자욱하여 가시거리가 짧으니, 연안을 항해하는 선박과 해안도로를 운행하는 차량은 조심하시기 바랍니다.'

바람소리
파도소리

무대가 서서히 밝아지면, 자욱한 안개 속에서 차츰 실체를 드러내는 등대 안. 절벽 쪽으로 창문이 나 있고, 그 옆에 밧줄이 도르래에 감겨 있다. 그리고 밧줄은 구명보트와 연결되어 있다.

무적(霧笛)이 길게 울린다. 노인의 독백이 무적 끝에 여운처럼 울려온다.

노인　여긴…, 끝섬… 등대입니다. 뭍에서도 한참을 배를 타고 들어올 수 있는 끝섬. 등대지기로 오늘로 꼬옥 40년, 저는 여기서 살아왔습니다. 100여 년 전에 이 등대가 세워졌다지요. 섬이 많아 암초도 여기저기 숨어 있어서, 이 등대는 그동안 배들의 항로에 그야말로 등대가 되어준 셈이었지요. 등대는 곧 빛이지요. 빛으로 밤길의 배를 안내해 주는 등대. 저는 그 빛 하나 밝히는 보람으로 여태 살아왔습니다. 저는… 곧 그만둡니다. 퇴직하냐구요? 제가 그렇게 젊게 보입니까? 허허허, 사실은 10여 년 전에 퇴직했었는데, 이 까마득한 끝섬을 희망하는 후임자가 없어, 그냥 제가 눌러앉아 있는 겁니다. 무료 봉사… 라고 해도 되겠지요. 사실 저는 마땅히 갈 곳도 없습니다. 이 절해고도에 와 살게 되면서 가족도, 친지도 인연이 끊기게 되었거든요. 근데, 이 짓도 그만하랍니다. 아예 무인 등대로 만들어 버린다지 않습니까. 거뭐냐, GPS냐 뭐냐 하는 것이 생겼고, 또, 원격 조정시스템, 그리고 자동 CCTV 뭐 이런 것, 그리고 최신식 전자 통신 장비들로, 사람 없어도 이 등대는 등대역할을 충분히 해낼 수 있다고 하면서, "선배님, 이제마음 푸욱 놓고 사세요. 이 끝섬 등대는 선배님의 사랑과 은혜를 영원히 저희와 함께 기억할 겁니다…" 하는 게 아니겠어요. 하여튼 저는 이제 여길 그만둡

니다. 육지로 가서 살아야 하겠는데, 글쎄요, 그 뭍이
라는 게 좀, 어떠세요? 뭍 사람 여러분, 살 만합니까?

소리　여기는 해양순찰선, 끝섬, 끝섬 등대 나오라.

노인　여기는 끝섬, 순찰선 말하라.

소리　별 이상 없는가.

노인　이상 없다.

소리　무인등대화가 머지 않았다. 그동안 수고 많았다.

노인　고맙다.

소리　아, 끝섬 손님이 있다.

노인　안개가 심한데 손님이라니?

소리　막무가내다. 유인 등대일 때만 가능한 손님이다. 마
지막일지도 모른다.

노인　알았다. 몇 명이나?

소리　삐이삐이---- 삐이----(끊긴다)

1.

2층 등탑으로 향하는 내부 계단부터 서서히 무대가 밝아지면
기림이 한쪽에 두꺼운 점퍼와 담요를 덮은 채 누워 있다. 텅
빈 등대의 로비에는 특별한 장치도 보이지 않는다. 무인(無人)
등대의 쓸쓸함과 적막감과 함께 너절한 내부가 을씨년스럽기

까지 하다. 다시 한번 들리는 기상예보. 그리고 긴 무적(霧笛).
기림이 눈을 떴는지 움직이기 시작한다. 노인이 손전등을 들고
계단에서 내려온다.

노인　웬 안개가 이리 진한지 모르겠어. 안개가 자욱할 때
　　　마다 이곳은 사고가 나곤 하는데, 허헛. 날씨도 춥
　　　고… (누워 있는 기림을 보고) 인석아, 지금까지 자는 게
　　　야? 네 집이 아니야. 일어나라. 이 녀석도 참 (지그시
　　　보다가). 허허허, 직원 숙소에서 자라고 해도 꼬옥 여
　　　기서 잔다니까.

기림　(누운 채 뭉그적거리다가) 좀 놔 주세요. 어차피 내일이면
　　　저를 보고 싶어도 못 볼 테니까요. 좀 맘 편하게 해
　　　주세요.

노인　하, 이놈 봐라. 사정사정해서 며칠 밤 재워줬더니, 이
　　　제 이불까지 치워 달라는구나?

기림　네에. 그러니까 좀 가만히 두시라니까요.

노인　네엑, 젊은 녀석이 그러면 못 써. 세상이 그렇게 만만
　　　하면 무슨 걱정이 있겠냐. 사는 게 다아 그렇다. 내
　　　맘에 맞는 건 하나도 없고, 내가 하기 싫은 것만 잔
　　　뜩 내 앞에 퍼질러 있는 게, 그게 인생인 게야.

기림　저도 이 세상의 끝에 와 있는 거라구요.

노인　(지그시 기림을 내려 보다가) 그래, 네 말대로 이곳은 끝
　　　섬이다. 많은 사람이 여길 다녀갔지. 한번 와서는 다

시는 안 오는 사람도 있고, 잊을 만하면 다시 찾아오는 사람도 종종 있지. 하지만, 이제 이 섬에는 그 어떤 사람도, 아니 어떤 일반인도 못 들어오게 되어 있어. 네가 운 좋게 이 섬에 오게 된 마지막 방문객일지도 몰라. 등대 관계자 외엔 통행금지가 되었다지 뭐냐. (혼잣말로) 또 누가 온다고 했던가.

기림　그럼, 이 끝섬에 오는 배마저 끊기는 거라구요?

노인　내가 얘기 했잖았니. 이젠 출입금지가 된 섬이라고.

기림　자유로운 나라에서 출입금지가 뭐예요. 영감님이 잘 모르고 하신 말씀이에요.

노인　허어, 이놈아, 여기가 어떤 곳이냐. 사고 다발 섬 아니냐. 해서 낚싯배도 통제를 하고 있지 않냐. 이 앞의 태끌목 물살이 울돌목보다 센 곳이야. 자칫 잘못하다간 저 마구 할멈이 배를 휘감고 바다 깊숙한 곳으로 끌고 가버린다고.

기림　거짓말. 어젯밤에는 마구 처녀라고 했었으면서….

노인　이눔아, 할멈이건 처녀이건 뭐가 중요해? 사람의 목숨을 앗아가는 게 중요한 게지.

기림　다른데? 처녀는 이쁘고, 할멈은 쭈구랑텡인데?

노인　그게 그거다. 젊어서는 처녀고, 늙어서는 할멈이지.

기림　그래도 처녀가 이쁜데요?

노인　이쁜 건 순간이고, 늙는 건 하세월이다.

기림　그래도 아가씨가 예쁜데.

노인	이놈 말하는 것 봐라? 너 몇 살이냐?
기림	(우물쭈물하다가) 열… 아홉… 이요.
노인	(그 모습을 보다가) 하기야… 쯧쯧, 젊은 눔에게는 처녀가 이쁘고, 우리 같은 늙은이에겐 할멈이 좋지.
기림	영감이나 총각이나 처녀가 좋다던데… 요?
노인	허허허허. 그렇다. 그렇다고 치자. 그러나 이쁜 처녀는 서툴고, 늙은 망구는 교활하지. 교활이 사람 잡는 법이다.
기림	교활이 사람 잡는다?
노인	너희 같은 애송이는 모른다.
기림	(입을 삐죽이며) 피이, 저도 알 건 다 알아요.
노인	안다고? 다아?
기림	(말꼬리를 돌리며) 근데, 영감님. 진짜 그 마군가 마귄가 하는 것은 보신 거예요?
노인	(모른 척하며) 그럼 봤지. 그래서 내가 여기 눌러앉은 거라니까.
기림	보셨다구요?
노인	그래, 내가 본 그 마구는 처녀였었는데… 지금은 망구가 돼 있다니까.
기림	거짓말. 그런 법이 어디 있어요. 처녀는 처녀이고 할멈은 할멈이지, 마귀가 어디 늙어가고 죽어가고 있어요?
노인	그러게 말이다. 살다 보면 알게 되어 있다. 귀신도 마

귀도 다 늙어간다. 변치 않는 게 뭐가 있다더냐. 여기 저 등대 옆 소나무, 내 여기 왔을 때는 내 키만 했는데, 저 봐라, 이제는 고송이 다 되었다. 비바람에 휘어지고 굽어서 저 모양 됐지만, 내가 첨 봤을 때부터 생긴 게 보통이 아니더니, 이제는 정말 예술품이다. 정이품 소나무보다 더 품위가 있어.

기림 그래서요.

노인 저 소나무에 학이 앉아 있는 줄 알았다.

기림 그게 마귀였다고요.

노인 그래. 틀림없는 마귀였다.

기림 어떻게 생겼는데요?

노인 학.

기림 학이 어디 있어요. 처녀였다면서요.

노인 그래 처녀, 학 같은 처녀.

기림 그런데요.

노인 날마다 내게 놀러 오더니, 순간 어느 날부터 오지 않는 게야.

기림 무슨 말씀이세요?

노인 그 말 그대로이다.

기림 그 말 그대로라니요?

노인 여자는 말이다. 새다. 그것도 흔적 없이 사라지는 하얀 새.

기림 그럼, 그 새가 그 처녀 귀신이라고요?

노인　처녀가 새인지, 새가 처녀인 줄 모른다. 그래서 내가 홀린 게지.

기림　홀렸다고요?

노인　바람 속에 휘파람처럼 왔다가, 구름 속에 머물더니, 어느 파도가 심한 날에 천둥소리처럼 울다가 사라져 버렸으니….

기림　천둥소리처럼 사라졌다구요?

노인　귀신인 게지, 그럼, 마귀인 게지… 소나무에 앉았다가, 절벽 위에 서 있다가. 저 물살 센 태끝목에 인어처럼 앉아 있다가….

무대가 서서히 어두워지며 빗소리, 천둥소리. 번개 치는 조명에 하얀 등대가 흔들린다.
노인이 어둠 속에서 서서히 주저앉는다. 노인을 비추는 스포트라이트.
거세지는 빗소리, 바람소리. 등대의 에어싸이렌이 세게 울린다.
(소리) 기상예보입니다. 남해안과 서해안에 태풍이 몰려와 해일이 일어나겠습니다.
해상에는 항해가 금지되어 있고 비행기 이착륙도 금지됩니다.

노인　가지 말아요. 뭍은 안 돼요. 사람 살 곳이 못 된다니까요.

모든 소리, 그친다.

순간적으로 들어오는 조명

노인은 멍한 눈으로 바다를 향한다.

기림 영감님, 영감님!

노인 엉?

기림 무슨 생각을 그리하시는 거예요?

노인 으응? 웅. 그래, 그래. 그래, 너는 못 봤느냐. 마구를?

기림 마구라니요?

노인 방금 다녀 갔지 않느냐. 하얀 새, 긴 날개와 검은 머리. 바람 속에 와서, 안개 속에, 그래 이렇게 앞이 보이지 않을 만큼 안개가 시커멓게 휘몰아 오면 나타나는 마구! 이젠 많이 늙었구나. 흰머리가 나보다 세졌어.

기림 무슨 말씀을 하시는 거예요.

노인 글쎄다.

기림 헛것을 보신 거예요.

노인 나는 사십 년을 여기에 살면서 봐 왔다.

기림 이제 영감님의 기가 허해진 탓일 거예요.

노인 네 눈에 그렇게 뵈냐?

기림 네.

노인 세상은 내가 생각하는 대로 보이는 법이다. 안개가 끼면 천지가 안개일 테지?

기림 그렇겠지요. 오늘처럼 말이에요.

노인 그래. 그 안개를 말이야. 안개라고 보지 않는 사람들도 세상에는 많단다.

기림 안개를 안개가 아니고 뭐로 본다는 말씀이세요?

노인 신선은 안개 속에서 학을 타고 날고, 마귀는 안개 속에서 사람의 눈을 가려 길을 잘못 안내하지. 도깨비도 안개의 작용에서 나온 이야기지 않겠니? 마음에 안개가 끼면 세상은 별천지가 되고 말지.

기림 (고개를 좌우로 흔들며) ….

노인 이 끝섬에는 이 안개 때문에 마구가 용을 쓰는 곳이지. 천년 전, 사람에게 배신당한 처녀가 이 끝섬을 지나는 모든 배에게 노래를 부르기 시작했다지. 뱃사공이 그 소리에 취해 이 끝섬으로 온단다. 그리곤 그처녀의 춤을 본다지? 그러고 나면 그 사람은 다시는 이 섬을 벗어나지 못한단다.

기림 (혼잣말로) 오딧세인데. (노인에게) 그런 말이 어디 있어요. 옛날 호랑이 담배 먹던 시절의 이야기지요.

노인 사람들은 다들 제 눈에 자기의 안경을 끼고 살지.

기림 그럼 영감님은 그 말을 믿으시는 거예요? (휴대폰 전화 소리) 이처럼 휴대폰으로 세상일을 다 알 수 있는 이 21세기에서?

노인 기계는 기계다. 사람이 아니지.

기림 사람보다 더 정확하고 확실한 게 전자 시대의 특징

이라니까요.

노인　그래, 그렇다면, 너는 사람보다 그 전자기계를 더 믿는구나.

기림　그럼요. 기계처럼 확실한 게 어디 있어요.

노인　(계속 울리는 기림의 휴대폰 알림음) 받아보렴.

기림　(힐끔 휴대폰을 내려 보더니) 필요 없어요. 잔소리겠죠.

노인　정확하고 확실한 게 그 기계라며?

기림　그래서 안 받는 거예요.

노인　누구 전화?

기림　… 엄마….

노인　그러니까 받아야지.

기림　엄마니까 안 받는다니까요.

노인　인간을 거부한다? 헛참!

무대, 어두워진다. 기림에게 스포트라이트. 번개, 빗소리. 엄마의 소리가 환청처럼 들려온다.

엄마　우리 말 안 들으면, 너는 이제 끝이야.

기림　엄마, 그게 무슨 말이에요.

엄마　우리 집안은 대대로 선비 집안이라고 했다. 네가 학자 되기 싫으면 의대를 가라. 그렇지 않으면 아버지나 나나, 할아버지나 할머니, 모두 네게 관심을 끊겠단다. 형을 봐라. 당당히 유학 가지 않았느냐. 우리나

라에서 대학 가기 싫으면 미국으로 보내줄 테니, 거기서 공부하고 오너라. 요리학과가 뭐냐? 요리?

기림 요리가 어때서요.

엄마 안 돼!

기림 엄마! (무너진다) 유명한 셰프가 되면 좋잖아요?

조명이 순간 밝아진다.

기림 (독백, 멍한 표정으로) 안 된다니까요. 저는 그럼 대학에 안 갈 거예요! 요리, 요리가 좋단 말예요.

노인 대학을 안 가겠다니?

기림 (정신 차리고) 아, 아니에요. 대학은 갈 거예요!

노인 얘야, 너 어디 아픈 게니? 요리가 좋다는 건 또 뭐냐?

기림 섬에 오니까 맛있는 음식을 못 먹어서 나도 모르게 헛소리를 했나 봐요.

노인 그래, 요리? 이 끝섬에는 요리랄 것이 없는데….

기림 괜찮아요. 그냥 해본 말이에요. 그냥 저는….

노인 그렇겠지. 너같이 한창일 때는 밥 한 그릇으로는 어림없지. 그래 네 녀석에게 약조를 받지 않았느냐. 여긴 먹을 게 많지 않다고.

기림 그, 그랬지요. 처음부터 안 받아 준다는 걸 제가 사정 사정해서 며칠만 있게 해달라고 졸라댔었지요.

노인 (그윽이 기림의 눈을 보다가) 얘야, 내가 엊그제 잡아 놓은 농어가 있다. 저기 물통에 넣어 두었지. 우리 그걸 구워 먹어볼까?

기림 네? 농어요? 제가 농어탕을 만들어 드릴까요? 제가 탕은 잘 끓여요.

노인 네가 농어탕을 끓일 줄 안다고?

기림 네.

노인 별스런 애가 다 왔네? 네가 농어탕을?

기림 네. 저는 한식 전문가가 될 거예요. 아니 유명한 한류 셰프가 될 거예요.

노인 한류 셰프라.

기림 자신 있어요. 제가 엄마 몰래 친구 아버지한테 요리를 배웠거든요. 친구 아버지는 호텔 요리사예요.

노인 네가? 엄마 몰래?

기림 그럼요. 현장 체험학습을 해야 했거든요. 요즘 학교에서는 각종 체험, 봉사활동을 하도록 해요. 그것이 평가에 반영되고, 또 그것이 대학 입시에도 써먹어요. 독특하잖아요. 어머니도 처음엔 환영했어요. 현대의 교육에 맞는 좋은 실습 기회라… (어두운 표정으로) 그렇게 좋아하시더니….

노인 그래, 그럼 내가 농어를 가져올 테니, 너는 탕 준비를 하렴. 도구는 저 창고 안에 있다.

기림과 노인은 부지런히 무대를 오가며 탕을 끓인다. 번잡한

동작을 경쾌한 배경 음악과 함께 퍼포먼스로 보여주며 준비하는데 활기가 넘친다. 순간 모든 조명이 꺼지고, 기림에게 스포트라이트.

기림　누구나 하고 싶은 거를 하고 살아야 하지 않나요? 나는 나도 모르게 훈육되고 거기에 길들여 왔었어요. 형을 이겨 보려 몸부림쳤지만 형은 언제나 저만큼 앞서갔었지요. 저는 제 자구책을 찾지 않을 수 없었어요. 처음엔 떼를 써서 관심을 끌었지요. 하지만 늦둥이 동생이 생겨난 뒤부터는 이 떼쓰는 것도 소용없었어요. 그런데 우연히 학교 성적이 형보다 좋게 나온 적이 있었지요. 온 가족의 칭찬을 받았어요. 와, 내가 형보다 잘할 수 있다니. 저는 우쭐했습니다. 그때 안 거지요. 부모의 칭찬을 독차지하는 방법. 성적표의 좋은 점수가 제일 부모님을 행복하게 한다는 것! 끔찍이도 노력했습니다. 식구들의 관심을 받고 사랑을 받기 위해서는, 형을 이기기 위해서도 늘 나만의 노력이 필요했었지요. 겸손하고 모범생이라는 칭찬이 저를 행복하게 했습니다… 저는 집안의 자랑이 되었고, 형은 내게 빼앗긴 부모님의 관심을 돌리고자 아버지의 뒤를 잇겠다며, 외국 대학으로 진학해 버리더군요. 형은 아마 미국 유학생이라는 학벌을 들어 아버지의 뒤를 이어 교수가 되겠지요. 할아버지가 세우신 명문 사립대. 틀림없이 가업을 이을 것이에요… 그런데 저는 취미 삼아 했던 요리 현장 학습에 그만 뽕 빠져버렸지 뭡니까. 요리는 요리사의 정성과 재료와 칼끝에서 나온다는 것을 배우며, 같은 요리에도 천차만별이 있다는 걸 알았습니다. 유레카! 그렇습니다. 절로 나오는 저의 찬탄. 그래 요리는 이런 것이야. 내 요리를 맛보는 사람들이 내 요리 맛에 취하는 걸 보고 싶었습니다. 거기에는 호텔 주방장이신 친구 아버지, 명장 셰프의 인정이 있었지요. 칭찬도 꾸지람도 없는 그 알 듯 말 듯한 만족의 웃음 속에는, 제게 타고난 요리사 기능이 있다는 것을 알아차린 거라고 저는 느꼈습니다. 그러다가 사달이 난 거죠. 부모 몰래 요리학과를, 그리고 부모님께 소원대로 의예과를 지원했는데, 덜컥 둘 다 합격해 버린 거지요. 당연히 부모님은 요리학과를 반대하셨지요…, 어릴 적 떼를 써봐도, 고집을 부려도 불가능하다는 것을 알고 저는 그냥 집을 나와버렸지요… 아마… 엄마는 의대에… 등록해 놓았을 걸요. 저는 절대로 의대는 안 가요. 아니 못 가요. 주사가 그렇게 무서운데, 제가 어떻게 주사를 놔요? 생각만 해도 주사바늘이 내 몸을 무섭게 찔러 오는데, 그걸, 그걸 내가 해야 한다고요? 끔찍해요. 무작정 걷다가 우연히 끝섬 등대 기사를 보게 되었지요, 무인도의

유인 등대가 드디어 무인 등대가 된다는 기사가 왠지 제 신세처럼 외롭게 느껴졌거든요. 별다른 고민 없이 이 섬을 찾았습니다. 겨우겨우 배를 얻어 탔던 거지요. 이 무인도 끝섬에… 말이지요.

이윽고 요리가 끝나자 자리에 앉아 농어탕을 먹는다.

노인　맛이 기가 막히는구나.

기림　정말이세요?

노인　그렇다니까. 내가 먹어본 농어탕치고 이보다 맛있는 건 없었다. 단연코 없었다.

기림　그 말씀이 사실이라면, (들뜬 목소리로) 한국의 명장 셰프가 될 수 있겠어요?

노인　그럼, 그렇고 말고! 난 분명히 말한다. 너는 최고의 셰프가 될 거다!

기림　야호, 그런데, 그런데 영감님. (어두운 표정으로) 그 과는 안 보내주겠지요. 엄마가.

노인　… 세상에 네 마음대로 되는 일이 없다고 했지 않았느냐.

기림　….

노인　아까는 네 성적이 좋아서 많은 칭찬을 해 주셨다고 하지 않았던가?

기림　그때뿐이었지요. 성적 좋은 그 순간만. 그 외는 늘 싸

늘했지요. 다른 사람들에게 자랑할 때만 제가 필요했던 거지요. 성적표의 숫자가 곧 엄마의 자랑이었지요.

노인 이유야 어떻든 그 좋은 성적으로 대학에도 합격하고 또….

기림 그게 무엇이 중요해요. 정작 내가 가고 싶은 학과, 내가 하고 싶은 일에는 하나의 관심도 없는 싸늘한 부모… 저는 집에 들어가지 않을 거예요. 우리 부모님은 언제나 제 생각을 존중해 주지 않으셨어요. 어차피 요리학과는 갈 수 없을 테고… 형처럼 억지 공부를 해야 한다면… 죽어도, (다짐하듯) 죽어도 그렇게 할 수는 없어요.

노인 (한참 기림을 보다가) 얘야, 네 눈에 안개를 피워 보는 게 어떻겠니?

기림 제, 제 눈에 안개를 피우다니요?

노인 네 눈에 자신감의 안개, 반드시 이룰 수 있다는 신념의 안개. 그 안개 속에 네가 원하는 목적을 이룩하게 해주는 힘이 있단다. 안개는 시야를 가려주는 마법의 안경이란다.

이때 들리는 해양순찰선의 무선 통화음.

소리 여기는 순찰선. 끝섬은 응답하라.

노인	(황급히 무선기를 꺼내들고) 여기는 끝섬. 교감 상태 양호하다.
소리	안개가 너무 끼어 항해가 어렵다. 등대의 조도도 낮아진 듯.
노인	이 끝섬의 안개는 늘 그렇다. 더 심해지면 에어싸이렌이 작동될 것이다. 등탑 등롱의 조도는 정상이다.
소리	알았다. 이만… 아니 끝섬, 끝섬.
노인	감도 좋다. 순찰선.
소리	자꾸 끝섬에 가야겠다는 승객이 있어 허락받아 승선했다. 곧 하선하면 숙소에서 일박해야 할 것 같다. 가능한가.
노인	(기림을 보며) 숙소의 방은 여유가 하나 있으나… 안개 낀 날, 이런 일이 없었잖은가.
소리	무인 등대가 되기 전의 마지막 서비스라고 생각하라는 상부의 허락 명령이다.
노인	(멈칫대다가) 알… 았다.
소리	밤이 되기 전에 입도시킬 예정이다.
노인	… 알았… 다.
소리	삐이… 삐-----.

한동안 대화가 없다. 해양순찰선에서 울리는 듯한 무적(霧笛)이 길게 운다.

기림 안개가 이렇게 심한데, 웬 손님?

노인 글쎄다… 무슨 일일까.

기림 혹시 엄마가 아닐까?

노인 아니, 마구 할멈일 수도 있지… 않을….

기림 그게 무슨 말씀이세요. 무슨 마귀….

노인 인생은 잘 모른다고 했지 않았느냐.

기림 숙소에서 자기 싫어요. 저는 어제처럼 여기가 좋아요.

노인 춥지 않더냐? 하지만 걱정하지 말아라. 그건 네 마음
대로 하렴.

기림 네. 근데 누굴까….

노인 누가 올까, 이 안개 가득한 무인도에….

기림 마귀가 아닐까요. 아니면 마귀 같은 여자….

노인 없다더니? 누가 오느냐가 중요한 게 아니지. 안개를
뚫고 오는 마음이 중요한 거지. 용기를 내렴.

조용히 무대가 어두워진다. 그리고 긴 무적(霧笛)

2.

안개 자욱한 무대에 정적이 흐른다. 밤. 등대 안의 빛이 어둡
다. 한쪽에 앉아 휴대폰을 만지고 있는 기림. 그리고 반대편에
서 홀로 구부린 무릎에 얼굴을 묻고 있는 모현. 침묵이 흐른다.

노인은 조명이 밝아지는 동안 사다리를 오르내리며 뭔가 연락을 하는 듯 무전기에 대고 대화를 하기도 하고, 등탑에 오르고 나서는 쿵쿵 망치 소리를 내기도 한다. 노인이 다시 2층 등탑으로 올라갔을 때, 모현이 고개를 번쩍 들며 내뱉는다.

모현 개새끼!

기림 (깜짝 놀라 모현을 보다가, 이내 안심하듯 독백) 놀랐네.

모현 (고개를 묻었다가 다시 고개를 들며) 개 시발 새끼!

기림 (더 놀라 한쪽으로 살짝 옮기며 혼잣말로) 놀래라.

모현 쌍놈의 시키!

2층 등탑에서 들리는 노인의 목소리 '글쎄 우리 렌즈의 조도는 이상 없다니까요. 안개, 안개 때문일 겁니다. 30분 후에 다시 한번 조도를 측정해 보겠습니다. 에어싸이렌 작동이 잘 안 돼서 그것이 지금 문제입니다.'

모현 빌어먹을 놈.

기림이 몸을 홱 돌리는데, 노인이 내려오다가 놀란 표정으로 모현을 본다.

모현 개시키, 죽어버려, 디져버려!

노인 아니 아가씨, 나한테 하는 말이오?

모현   저, 시집 갔는데요. 상놈의 지렁이 같은 놈.

노인   아니, 이 여자가…? 기지국 지시로 겨우 받아줬는데, 말을….

모현   어르신한테 하는 말이 아니니 간섭 마세요.

노인   그럼 저 젊은이?

기림   (고개를 흔들며 한 뼘 더 옮기며) 저도 아닌가 봐요.

노인   (손전등을 놓고) 아니, 젊은이도 아니라면 나밖에 또 누가 있소. 여긴 끝섬이오. 무인도.

모현   상관 마시라니까요. 그 새낀 죽여버려야 해.

노인   그 새끼가 누군 줄 모르나, 사람을 함부로 죽이면 안 되는데?

모현   죽여버려, 차라리 죽어 버려라!

기림   (노인에게 다가와 속삭이듯) 마구예요.

노인   (못 들은 척) 허헛 참. 뭍에서는 맺힌 사람들만 사나? 오는 사람마다 한바탕씩 해대다가 가더니, 이 여자도 그러나 보네. (기림에게) 애야, 아까 끓인 농어탕이 남았을 텐데, 네가 좀 가져오련? 시장기를 면하면 좀 더 차분해지지, 사람들은.

기림이 구석에 둔 농어탕 냄비를 전기 불판에 올린다. 모현은 무릎에 고개를 묻고 운다. 목덜미와 어깨가 들썩거린다. 기림이 조용히 냄비를 모현 옆에 두고서는 도망치듯 제 자리로 가 버린다.

모현   개새끼보다 못한 지렁이 시키!

노인   개새끼든 지렁이 시키든, 처자, 이 국물 좀 들어 보시오. 이 지상에서 가장 맛있는 농어탕이라오. (기림이를 보자, 기림이가 빙긋 웃는다)

모현   … 아무런 의미도 없는데 먹어 무엇 해요. 쥐새끼!

노인   쥐새끼도 먹으려고 발버둥이라오. 여기는 쥐도 없는 청정한 섬이라오. 이거 들기나 해 보시오.

모현   입맛이 없어요. 그 달구새끼 똥딱개 시키 때문에.

노인   허어, 이젠 닭새끼 똥구멍까지 까발린 그 시키까지, 그놈이 누구요.

기림   (소리없이 웃는다) 그런 사람 있어요.

모현   (기림을 흘깃 보더니 무시한다. 노인에게) 어르신, 개가 중요해요, 사람이 중요해요?

노인   그걸 말이라고 하나….

모현   (일어서며) 개, 사람, 강아지, 사람 새끼, (걷는다) 개는 위대하다. 사람도 위대하다. 동물은 위대하다. 식물은 신성하다. (점점 말이 빨라지며 걸음도 빨라진다) 하늘 아래 위대하지 않은 게 있는가. 세상은 모두 소중한 존재들로 구성되어 있다. 누가 그것을 부정하랴. (눈에 분노가 이는 듯 웅변조로) 개, 사람, 새, 고양이, 소, 말, 돼지, 모두모두 소중하다. 그래 존재는 존재의 의미를 갖고 이 세상에 태어났다. (걸음을 딱 멈추며) 그러나 그 중에서도 사람이 가장 소중하다. 사람이 가장 위대하다. (노인을 향해) 그렇지 않나요?

노인   (차분한 목소리로) 그야 지당한 말씀이지.

모현   그런데, 그렇게 생각하지 않는 놈들이 있단 말이에요.

노인   이런 이런, 쯧쯧.

모현   사람 위에 사람 없고 사람 밑에 사람 없다는 말도 그래서 생긴 것 아니겠어요?

노인   맞는 말씀.

기림이 고개를 돌려 모현에게 관심의 눈으로 본다. 모현은 다시 걸으며 내뱉는다.

모현   사람 밑에 사람 있고 사람 위에 짐승이 있다! 이거 말이 되나요?

노인은 지긋하게 모현을 보며 눈이 마주치자, 동의의 고개를 끄덕여 준다. 기림이는 몸을 완전히 돌려 모현을 바라본다.

모현   하느님의 모상대로 인간을 창조하신 게 하느님이시고, 인간 누구에게나 불성이 있다고 말씀하신 부처님도 다 인간의 신성을 예찬한 말씀이신데….

기림   그런데 그렇지 않은 사람들로 세상은 가득 찼다는 말씀이시지요?

모현   (말을 멈추고 기림에게) 꼬마가 그걸 어떻게 알아?

기림	꼬마라니요?
모현	그럼 네가 장가라도 들었단 말이냐?
기림	결혼은 안 했어도 저도 그 정도는 알만한 성인, 아니 아직은 아니지만….
모현	호호호호, 그럼 고삐리구나? 하긴 요샌 고삐리들도 알건 다 아나 보더라. 뭐 고딩 엄마, 고딩 아빠?
노인	이런 문제에 나이가 뭐 상관있겠소. 그저 느낀 대로 생각하는 것을 말한다고 이상할 건 없지 않소?
기림	맞아요. 우리 집에서는 아무도 제 생각을 묻지 않았어요.
모현	맞아, 내가 그 말이야. 우리 남편이란 작자도 나에게 도대체 물어보질 않아. 자기 맘대로야. 나를 거들떠보지 않아.
노인	이 무인도에서는 어느 누구와도 마주 보며 말할 사람이 없는데….
모현	그래도 어르신은 사람 대신에 바다가 있잖아요. 늘 넓고 넓은 마음을 가진 바다. 그리고 별도 쏟아지는 밤하늘. 그래 별! 별을 못 본 지가 언제야? 정말 까마득하네. 남편과 신혼여행 갔을 때, 그 섬에서 바라본 이후, 별은 어디로 숨어 버렸는지… 정말 본 적이 없었네.
기림	그래요. 저도 별을 잊고 살았어요. 서울의 하늘은 늘 우중충하고, 가로등 빛에 가려져 별들이 숨어 버리

는 모양이에요.

노인 쏟아지는 별을 보지 못한다….

기림 별?

모현 변함없는 별!

노인 (혼잣말로) 별들은 언제나 어디서고 있다. 다만, 인간의 마음이, 욕심이, 별을 가려 버린 게지.

기림 (벌떡 일어나 2층 계단을 오르며) 영감님, 저 별을 보러 가겠어요. 여기는 별이 보이겠지요?

노인 별은 별을 하늘에 심어 놓은 사람들만 볼 수 있는 별다른 존재란다. (기림에게 들리도록) 애야, 별이 혹 안 보인다고 실망하진 말아라.

모현 여기서도 별이 안 보일 수도 있다고요?

노인 오늘같이 안개가 자욱한 밤에는 안개 소리만이 별에게 신호를 보내지요.

모현 햇빛이 두려운 곳에서 햇빛을 피하며 사는 곳이 육지이지요. 욕망이 들끓는 거리는 진실에 늘 눈을 감고 있고, 거짓과 허상이 주위에서 춤을 추지요. 그 위선의 타성에 젖어버리면 세상의 바른 기준은 흔들거리는 지축처럼 지상을 파괴해 버리지요.

노인 상처가 많았던 모양이오 처자….

모현 (벽에 등을 가만히 기대다가) 상처라고요?

노인 그래요, 살면서 받아야 할 피할 수 없는 상처 말이오.

모현 그 상처는 결국 죽음으로 이끄는 커다란 철벽이지요.

무대가 어두워지며 무너지는 듯한 천둥소리. 바람 소리에 빗소리. 모현 귀를 막으며, 쓰러진다. 모현에게 집중되는 스포트라이트.

모현　저는 개만도 못한 취급을 받으며 살아왔습니다. 그 남자는 저만 알고 사는 성실한 사람이라 믿었지요. 처음에는 그랬습니다. 꿈 같은 신혼 초는 더 이상 행복할 수 없을 정도로 만족했습니다. 그런데, 그런데 남편이 어느 날 그러는 거예요. 우리 한번 개를 키워볼까? 처음에는 개는 무슨? 했는데, 여기저기 개를 키우는 사람이 많아서, 도시 생활하는 현대인들에겐 잘 어울릴 수도 있겠다 싶었는데, 바로 다음날 개를 사온 거예요, 그건 그렇다 쳐요. 문제는 그 다음부터예요. 개한테 홀랑 빠져 버린 남편. 모든 게 개에서 시작해서 개로 끝나는 거예요. 개가 아무리 귀여워도 그렇지, 아예 제 존재 자체가 개 앞에서 사라져 버린 거… 이건 아니다 싶었지요. 그래서 개를 그만 두고 아기 낳아 잘 키우며 살자고 했더니, 남편이 뭐라고 한 줄 아세요? 글쎄. 자기는 개 없이는 못 산다는 거예요. 미쳤지. 미친 게 아니라면 어떻게 그럴 수가 있어요. 의사와 상담도 해보고 달래도 보고, 시부모에게도 일러도 보았지만 소용없는 거예요. 기가 막힌 게 개, 아니 남편 말대로 반려견이라고 합시

다. 반려자가 반려견만도 못합니까? 저는 개만큼도 못한 아내인가요. 처음에는 우리들의 온전한 경제적 자립을 위해 피임을 했는데, 이젠 아기를 낳아서 개에게 빼앗긴 남편의 마음을 돌려야겠다고 온갖 추태를, (입술을 깨물다가) 아양을 떨어도 남편은 늘 땡감 씹은 표정이지 뭐예요. 하늘을 봐야 별을 따지. 쳐다보지도 않는 남편의 그것을 보면 아이그. 짐승만도 못한 놈. 차라리 다른 여자와 바람이 났다면 질투라도 하지, 제가 개를 질투해요? 그 개 같은 놈이 바로 제 남편이에요.

조명이 들어오는 순간, 모현은 까르르 웃으며 비틀거린다.

노인 어디 아프세요. 제가 부축해줄까요?

모현 괜찮아요. 괜찮아요. 이렇게 살아 있잖아요. 죽을 땐 죽더라도 아직은 살아 있다구요. (취한 듯 비틀거린다)

기림 (2층에서 내려오며 투덜대며) 별은 여기에도 안 보여요. 젠장. 흐릿하게 보일 듯 말 듯한데, 별은 아니에요.

모현 어르신, 개 요양병원이 있다는 것 아세요? 개 호텔은요?

기림 그런 게 있어요?

모현 개 호텔! (까르르 웃는다) 개 CT, 개 MRI, 개 초음파! 너는 알아?

기림	이모가 개를 키워서… 개 호텔이 뭐예요?
모현	이모에게 개라고 하지 마라. 반. 려. 견. 반려견의 지위가 그렇단다. 여행 갈 때 맡기고 가는 반려견 호텔!
노인	그래서 남편과 다투고 여길 찾은 거요?
모현	싸우다니요. 감히 남편과 제가 다투다니요. 저는 일방적으로 이혼당하고 온 것이에요.
노인	뭐, 이혼?
기림	뭐라고요?
모현	개가 사고를 당해 세상을 뜨셨지요.
기림	그런데요?
모현	글쎄, 그 책임이 나에게 있다고 이혼하재요. 아, 개가 지가 열린 문으로 튀어나가 거리에서 사고를 당했는데 왜 내 책임이에요? 그날 집에 나만 있었나요? 저도 같이 있었으면서 옆집 발정난 똥개 따라 나간 것이 왜 내 책임이냐고요.
노인	설마….
모현	그렇지요 설마겠지요. 그러나 그건 사실이에요, 그 개새끼! 개새끼가 죽으니 이혼하자고? 내가 개만도 못한 년이라고? (운다) 당장 도장 찍어 줘버렸지요.
기림	이해가 가요. 누나의 심정, 누나라고 해도 되나요? (끄덕이는 모현) 사람들은 늘 자기만 생각해요. 조금도 남을 생각해 주진 않는 것 같아요. 아프면 '병원에 가봐'라는 얘기만 하지, 그 원인이 뭔가를 진지하게 고

민해주는 사람이 없어요.

노인 그런데 이 끝섬에도 별은 없더라?

모현 개 피검사 35만 6천 원, 입원비 하루 20만 원, 개 보험, 개 장례식, 화장장, 납골당 호호호, 시부모, 우리 부모에게 그 반만 해줬어도 나 이혼 도장 안 찍었을 거예요.

노인 그래서 이 끝섬을 오셨다? 이 섬을 어떻게 알고?

모현 그놈이 또 등대 투어를 해요. 개 마님을 신주 모시듯 하면서. 그런데 꼬옥 가고 싶은 곳이 있다는 거예요, 끝섬. 그 끝섬이 이제 무인 등대가 되는데, 그 이후는 출입이 통제된다나 뭐라나? 이번 주에 꼭 가봐야겠다는 거죠.

기림 그래서요?

모현 뭐, 너보다 내가 먼저 가서 콱 죽어 있을란다. 이런 생각으로 해양순찰선에 떼를 써서 찾아왔지 뭐. 내 시체는 네놈이 수고로이 수거해가서 잘 살아라~.

노인 … 그래서 사람들은 다 외로운 존재들이지요. 나도 옛날에 그와 비슷하게 이 섬에 왔고, 결국은 이 섬에 미쳐서 살아왔고, 이제 이 섬에서 마지막을 맞으려 했는데, 세상은 늘 자애로운 건 아니지….

조용히 어두워지는 무대. 노인만 비추는 조명.

노인 이 섬은 끝의 섬입니다. 모두 다 삶의 끝을 생각하는 곳이지요. 이 섬 밖은 곧 바다요, 이 섬의 끝은 하늘입니다. 하늘과 바다는 늘 대화를 하지요. 어느 날은 바다가 바람을 부르면 파도는 뭍에다 대고 앙탈을 부리고, 이 앙탈을 하늘은 내려 보고 비를 내리고 눈을 퍼붓기도 하지요. 세상은 그런 거지요. 욕심을 내면 끝이 보이지 않는 하늘이요, 야망을 가지면 가없는 바다가 아니겠습니까. 이 끝섬에는 그래서 안개가 자주 끼는가 봅니다. 끝없는 욕망과 야망을 가려주는 안개, 이 안개를 헤쳐 가는 것이 인생이라고, (길게 무적(霧笛)이 운다) 저렇게 안개를 쫓는 뱃고동이 알려주는 것인지도 모르겠습니다. 저는 저 두 사람의 운명을 짐작합니다. 끝섬에서 새롭게 시작하려고 하는 저 삶의 끝을 조용히 붙잡아주는 것, 그것이야말로 제가 해야 할 일 아니겠습니까. 사람들은 자기의 티는 잘 보지 않으려 합니다. 많은 걸 갖추었지만 늘 부족하다고 생각하지요, 두 사람도 그렇습니다. 좀 여유 있게 생각하면 풀리는 일을 더 맺혀가는 감정에 휘말려 이곳까지 밀려온 것인지도 모르겠습니다. 40년 동안 그런 사람들 많이 봐 왔습니다. 저는 그저 조용히 들어주는 일만 했지요. 등대지기의 일이 뭐 그런 일이지요. 말없이 비춰주고 들어주는 등대가 좋아 살아온 제 삶, 저는 결코 후회는 않습니다. 근데요. 사실은 등대는 빛으로 길을 안내해 주는 것이 아닙니다. 이곳으로 오면 위험하다고, 조심하라고 그걸 알려주는 거예요. 등대의 빛은 일종의 경고의 빛이기도 한 겁니다. 가까이 오지 마세요. 조심히들 가세요라고요. 그 일도 이제 얼마 남지 않았지만요. 참, 이 끝섬에는 철새들이 쉬어가는 통로이기도 하지요. 텃새도 살아야 하지만 철새도 살아야 우리가 사는 곳도 아름다운 곳이 아니겠습니까. 등대도 이 끝섬도 잠시 쉬어가는 통로요, 작은 빛인 것처럼… 그렇게 살아들 가야지요. 사람, 아니 사람과 짐승과 식물과 자연물이 함께 살아가야지요. 아, 이 끝섬 상황을 중섬에 연락했으니 곧 기지국에서 연락이 오겠지요. 저는 그걸 기다리고 있는데….

무대 전체가 느리게 밝아지는데 무전기 통화음 들린다.

소리   여기는 중섬 기지국, 끝섬, 끝섬.

노인   여기는 끝섬. 감도 좋다.

소리   우리 연안이 안개가 심하여 항해에 대한 경보가 발령되었다. 끝섬은 이상없는가.

노인   에어싸이렌이 작동되지 않고 있다. 렌즈 모터도 약해진 것 같다.

소리   그렇다면 어떻게 해야 하는가. 항해하는 배들이 위험하지 않는가.

노인　그렇다. 긴급 순찰선을 요구한다. 빛을 올리는 에어 싸이렌을 작동할 인력이 필요하다.

기림　에어싸이렌이 뭐예요?

모현　뭐 사고라도 났다는 말인가요?

소리　알았다. 순찰선으로 요원을 보내주겠다.

노인　알았다. 기다리며 그간 최대한 렌즈모터를 수리해 보겠다.

소리　끊는다. 오바, 삐이~ 삐----.

노인　(무전기를 호주머니에 넣으며) 꼭 이런 날 사고가 나곤 했지. 중섬 기지국에서 이 끝섬의 안개를 걱정하고 있어.

기림　사고라도 나면 어떻게 되지요?

노인　살아 있는 우리가 사고를 수습해야겠지?

모현　우, 우리가 사고를 어떻게 한다고요?

기림　수습!

노인　이야기 했지? 이곳의 안개는 위험하다고. 마구가 있어 노래를 부르고 그 노래에 따라 들어온 배는 깨지고, 그리고 그 사람은 이 섬에서 헤어나지 못한다고….

기림　그게 사실이라는 말씀이에요?

노인　내가 거짓말 할 사람같이 보이느냐?

기림　나를 놀리는 말인 줄 알았지요.

노인　마귀는, 아니 마구는 우리 마음속에 있다. 그리고 그 마음은 안개를 품고 있지.

모현 무슨 말을 하시는 거예요 어르신?

노인 지금 우리가 마귀이고 이제 오는 사람들이 우리를 구조하러 오는 사람일지도 모른다는 말씀. 언제나 안개는 어둠 속에서만 구조대를 부르거든?

모현 나는 도대체 무슨 말을 하고 있는지 모르겠어요.

노인 하여튼 내가 시키는 대로 해야 해. (노인의 눈에 빛이 난다.) 우선 렌즈모터를 가동하여 출력을 더 높여야겠다. 그리고 나서 모터싸이렌을 작동시켜야 해.

기림 모터싸이렌이요?

노인 우선 처자는 여기 이곳을 꼭 지켜요. 그리고 너는 나를 따라와. 저 등탑에 올라 등명기의 조도를 점검하고, 모터의 엔진을 가동시켜야 해. 청년이니까 힘이 세겠지? 도와 줄 수 있겠지?

기림 그럼요, 영감님.

노인 자, 그럼, 올라가자.

모현 저만 혼자 두고 가는 거예요? 저도 같이 갈래요.

노인 등명실은 좁아요. 세 사람은 들어갈 공간이 없어요. 모터싸이렌은 밖으로 나가야 시동을 걸 수 있어요. 그러니 이 무전기를 들고 중섬 기지국에서 소리가 나면 잘 받기나 해요. '여기는 끝섬'하고 시작하면 돼요. 아까 봤지요?

노인과 기림이 올라가자, 모현이 불안에 떤다.

모현　왜 이렇게 무섭지? 갑자기 무슨 일이 바로 여기에서
일어나 버릴 것만 같애.

순간 기림과 노인의 소리, 힘껏 당겨라. 그, 그렇지. 영차! 부릉
하다가 꺼지는 시동 소리. 다시 한번 힘줘봐. 우리 둘이 힘을
합해 볼까? 네. 그러자 하나 둘 셋, 영차, 영차 부르르르링. 안
되네? 이것 큰일이네? 그 사이에 배라도 침몰해 버리면 난리
가 날 텐데. 시체를 어떻게 치우지?

모현　뭐뭐뭐, 시, 시체를 치운다고? 엄마야아, 나 몰라, 어
떡하지? 엄마, 엄마야, 자기야 나 어떻게 해?

계속 모터에 시동을 거는 소리가 들리는데, 무대 어두워지고
절절매는 모현의 모습에 조명이 집중되며 파도소리. 이윽고
시동이 걸렸는지 요란한 싸이렌이 울리면서 무대 어둡게 스
러진다.

3.

모터싸이렌이 가까이에서 멀리, 멀리서 가까이 들리는 듯하다

가, 파도에 묻히곤 한다. 세 사람 모두 벽에 등을 기대고 앉아 있다. 다들 지쳐 있다. 노인은 깊은 잠에 들었는지 고개를 주억거리고 있다. 세 사람 거리는 많이 가까워져 있다. 특히 모현은 기림 옆에 앉았다. 아직도 모현은 두려움에서 완전히 벗어나지는 못한 듯, 가끔씩 몸을 움츠리곤 한다.

모현   왜 그리 오래 걸렸어. 아까 혼자서 무서워 혼났단 말이야.

기림   모터싸이렌 가동이 힘들었어요.

모현   잘못 왔나 봐. 하필이면 안개 낀 날에 왔담?

기림   그래도 저는 잘 왔다고 생각해요.

모현   왜?

기림   누나를 만났잖아요. 뜻을 같이 할 수 있는.

모현   무슨 뜻?

기림   이 섬에서 끝내자… 는 결심을 하고 오신 거 아니에요?

노인   (잠꼬대하듯) 안 돼, 안 돼요. 가면 안 돼요.

모현   ….

기림   저는 원하는 것을 못할 바에는 차라리 다음 생에서 이루자고 생각하면서 왔어요.

모현   그랬던가?

기림   안 그러면 왜 이 끝섬에 왔어요?

노인   날 놔두고 가면 다 좋을 것 같아요?

| 모현 | …. |
| 노인 | 안 된다니까. 거기는 위험해요. 안 돼. |

노인이 잠꼬대 끝에 정신이 번쩍 든다. 고개를 움직여 본다.
그러다가 기지개를 켠다.

노인	내가 깜박 졸았나 보네. 이러면 안 되는데. 이런 날은 잠을 자서는 안 되는데, 졸다니, 이제 이 몸도 다한 모양일세.
모현	어르신 무슨 잠꼬대를 하신 것 같은데….
노인	내가? 글쎄.
기림	가지 말라고, 마악 손까지 내밀면서.
노인	허, 그 꿈을 평생 꾸는가 봐.
모현	그 꿈에 무슨 사연이라도 있으신….
노인	사연은 무슨. 다 젊은 날의 꿈이 오래 가는 법이지. (모현과 기림을 보며) 역시 젊은이들은 싱싱하구만. 그래, 고생 많았어, 학생.
기림	아녀요. 영감님이 고생하셨지요.
노인	그리고 처자도 혼자 이 등탑 안에서 기다리느라고 좀 염려가 많았지?
모현	아, 네. 뭐 조금.
노인	다들 이렇게 살아가는 게야. 마음에 쏘옥 드는 삶이 어디 있어. 없어요. 그럼에도 할 수 없이 그러려니,

하면서 사는 게 인생이지, 뭐 별다른 게 없더라고.

모현 하지만 어르신은 이 청정한 곳에서 마음 상하지 않고 살아오신 거잖아요.

노인 그렇게 보여?

기림 사실이잖아요. 아무 간섭도 없이, 보는 사람도 강요하는 사람도 없는 자유로운 사람.

노인 (껄껄껄 웃는다) 그렇다니 우선 고맙구만. 허지만 여기나 거기나 별반 차이가 없을 게야. 우리 젊은 시절에, 종종 고시 공부하러 등대지기로 왔다가 학을 떼고 도망간 친구들도 꽤 있었지.

기림 왜요?

노인 등대지기가 한가한 직업이 아니에요. 힘들어요. 사람 하나 없는 섬에서 간섭 없는 생활을 한다고? 한 달만 있어 봐요. 렌즈 닦는 일부터 모터 관리에다 각종 통신시설 점검에 수리, 그리고 보고서는 한두 가지야? 짐 들고 오는 사람보다 짐 싸고 나가는 사람이 훨씬 많아. 따지고 보면. 겨우 한 달, 두 달, 길면 석 달… 개중 눌러앉은 사람도 있고.

모현 어르신처럼?

노인 스님들 중에도 그런 분이 아마 상당했을 걸. 공부하러 갔다가 불경 공부를 해서 큰스님 된 친구도 있고.

기림 영감님은 그럼 어쩌다가….

노인 팔자였겠지. 마구 만나 살라는 팔자.

모현	아까도 마귀니 뭐니 하시던데, 무슨 말씀이세요?
노인	마음 바르게 쓰라는 말이지. 어디에 있어도 내 마음 한 자락 잘 잡으면 세상은 부드럽고 따뜻하지만 잘 못 쓰면 꽃자리라도 가시방석 아니겠는가?
모현	마음 한 자락 잘 쓰는 법이라고요?
기림	그것이 마귀와 무슨 상관이에요?
노인	(긴 한숨 내쉬다가) 마귀가 설령 내 속에 들었다 할지라도 그 마귀를 원수처럼 대하면 그 마귀는 진짜 마귀가 되고, 살살 달래주어 보내면 감로수가 되기도 하지. 젊었을 때는 몰라. 모르는 게 당연하고.
모현	그래서 어르신은 마귀를 그렇게 달래주셨나요?
노인	그랬을까… 아니었을까. 안개, 안개가 나를 구해 준 셈이지.
기림	안개라고요?
모현	안개?
노인	(일어서며) 안개는 세상을 가리는 것 같지만, 사실은 세상을 잘 보이게 하는 연막과 같은 거야. 안개가 없는 날을 우리는 쾌청하다고들 하지? 생각해봐. 쾌청한 날만 계속되면 좋을까? 비만 오지 않아도 당장 우리는 어떻게 되지?
모현	….
기림	….
노인	태풍이 없으면 좋을까? 아니지. 태풍 때문에 자연은

정화되는 법이야. 나는 알지. 바다만 보면 알 수가 있어. 태풍 분 뒤에 훨씬 바다가 맑아지고 고기도 잘 잡히는 법이지.

기림   태풍 불면 위험한데…?

노인   그렇지. 하지만 태풍이 주는 선한 영향이 피해보다는 훨씬 크지. 그래서 사람은 한 면만 보면 안 돼. 양면을 보라고 양눈이 있단 말을 들어본 적이 있을 걸.

모현   양면을 보라고… 요.

노인   그걸 안개가 가르쳐 주었어.

기림   안개라고요?

노인   내가 안개의 안경을 쓰라고 했었지?

기림   안개가 나를 키워 줄 거라고. 용기를 내라고요.

노인   안개는 보이는 것을 안 보이게 해주고, 안 보이는 것을 보게 하는 힘이 있지. 그 안개를 보는 것이 마음이야. 세상은 모두를 다 보여주는 게 아니지. 본질의 한 껍질을 조금씩 보여줄 뿐, 우리는 영원히 본질에 다가갈 수가 없어, 그걸 안개는 가르쳐 주었어. 이 끝 섬의 안개는 늘 내게 자장가를 들려주듯 이야길 하더군.

기림   ….

모현   (뭔가를 곰곰이 생각하는 듯 고개를 숙이다가) 그러니까, 안개는 앞이 안 개이는 날에 조심하며 걸어가라는 가르침으로 우리 눈에 안경을 쓰게 한다는… 말씀?

노인 (빙그레 웃는 듯) 나는 가 봐야 할 데가 있어. 두 사람은 여기에 가만히 있어요. 무슨 신호가 올 거야.

노인, 천천히, 그러나 미끄러지듯 밖으로 나간다.

기림 뭐야, 지금 뭐라고 하신 거죠, 영감님이?

모현 글쎄, 뭔가 홀린 것 아냐? 이상한 이 기분, 도대체 뭐야.

기림 마귀 할멈이 아니라 마귀 영감?

모현 뭐라는 거야. 마, 마구, 마귀라는 말, 하지 마. 곧 내가 죽어버릴 것 같애.

기림 무섭기는 저도 좀…, 지금 몇 시지요?

모현 4시, 아직 캄캄해.

무전기 통화음 울린다. '여기는 순찰선, 끝섬, 끝섬.' 모현이 놀라며 무전기를 든다. 그리고 대답한다.

모현 여기는 끄. 끝섬. 가, 감도… 좋다.

소리 끝섬에 좌초된 선박을 발견했다. 즉시 구조하라.

모현 뭐, 뭐라구요? 좌초라고요? 구조하라고요?

소리 시간이 없다. 절벽 아래에 좌초된 선박의 잔해가 보인다.

순간 모터싸이렌이 크게 울리고 어디선가 헬기 프로펠라음이 들리는 듯.

소리   (다급하게) 끝섬, 끝섬, 응답하라.

모현   (벌벌 떨면서) 여, 여, 여기는….

기림   (모현의 무전기를 빼앗아 들고) 여기는 끝섬, 끝섬 감도 좋습니다.

소리   좌초된 선박에 부상 당한 사람이 있는 듯, 안개 속에 흐릿한 영상에 움직이는 물체가 보인다. 시간이 촉박하다. 구조하라.

기림   어떻게 하면 되죠. 우리는 잘 몰라요….

소리   모르다니, 자신감을 갖고 최선을 다해라.

모현   무, 무서운데요.

소리   우선 구조밧줄을 등대 밖 절벽으로 던져라.

모현   밧줄, 밧줄이 어디 있지?

소리   찾아 봐라. 찾아보면 있다.

기림   (둘러보다가 등대 창가의 도르래에 감겨 있는 밧줄과 묶여진 구명보트를 발견한다) 여기, 여기요.

모현   (악을 쓰듯) 찾았다.

소리   (약간 화난 목소리로) 밖으로 던지라고 했잖아!

기림   밧줄과 구명 보트를 던지고 나서 어, 어떻게 해야 지요?

소리   그걸 꼭 물어야 하나. 다음 지시를 기다려라.

모현과 기림이 힘을 합해 밧줄을 등대의 창을 열고 던진다.

기림   던졌어요.

소리   무적은 어디 있는가?

기림   무적이라니, 누구?

소리   늙은… 노인이 있지 않은가, 그 사람이 무적이다.

기림   그, 그 영감님은 안 계시는데요.

소리   없다고? 무슨 말을 하는 거야. 무적은 언제나 그 섬
          에 있다. 찾아보라.

모현   (악을 쓴다) 여기에 없다고요. 그 어르신은 사라져 버
          렸다고요오.

소리   그럴 리가 없다. 그 사람은 언제나 끝섬에 산다. 죽어
          서라도 살 것이다.

기림   무슨 말인지 모르겠네. (무전기에 대고) 없다고, 없어.
          없다고요옷!

번개인 듯 등대 빛이 돌기 시작한다. 천둥소리. 모터싸이렌이
멀리서 울리는데,
아련히 들리는 소리, 모현이 창가에 가서 귀를 댄다.

모현   (다급한 목소리로) 무슨 소리가 들리는 거 같아, 이리
          와 봐.

기림   (창가로 가서) 무슨 소리?

모현   뭐라고? 밧줄을 당기라고? 올리라고?

무전기에서 증폭된 소리가 웅웅거리며 울린다.

소리   서서히 밧줄을 끌어 올려요.

기림   아니, 이건 영감님 목소리 아냐?

모현   그렇네? (무전기에 대고 다급하게) 어르신 어디 계세요?

소리   (대답이 없이) 천천히 끌어 올려요.

기림   소리가 왜 이래요? 꼭 외계인 목소리 같네?

소리   그리고 안전하게 올리면 우선 담요를 덮어주고….

모현   네.

소리   우선 상처를 응급 상자를 꺼내서… 그리고 물을 끓
여 닦아줘야 해요.

기림   영감님, 영감님!

소리   삐이 삐이~ 삐------.

기림과 모현, 누구랄 것도 없이 온힘을 다해 도르래의 밧줄
을 끌어 올린다. 파도 소리, 순간 등대의 빛이 써치라이트처
럼 돈다.

소리   됐다. 올라가고 있다. 구명보트에 잘 묶여 올라간다.
준비를 잘하라, 끝섬.

구명보트에 단단히 묶여진 사람이 올라오자 둘은 서둘러 그 사람을 바닥에 눕힌다. 기진맥진 쓰러진다. 그러다가 기림이 빨리 일어나 보트에 묶인 사람을 보며 풀어준다. 상처가 큰 탓인지 몸을 제대로 가누지 못한다.

가림이 담요를 덮어주고 상처를 수건으로 닦아주다가,

기림   누나가 응급 상자 좀 가져다 주실래요? 저는 물을 좀 끓여 올게요. (안으로 들어간다)

모현   그래, 그래.

모현이 급히 응급 상자를 들고 와 붕대를 감아준다. 순간 온몸이 굳어진다. 기겁을 한다.

모현   헉, 여보야, 자기야! (놀란 입을 다물지 못하고) 자기가 어떻게 여길?

심산   … 여보, 여보 맞지? 여기가… 어디야?

모현   어떻게 된 거야? 여, 여기 끝섬이야.

심산   (숨을 헐떡이며) 자기가 여기에 있을 것 같아서… 왔어….

모현   뭐라고? 왜, 왜 왔어?

심산   (신음을 참으며) 자기 찾으러 왔지.

모현   내가 여기 있는지 어떻게 알고?

심산   내가 왜 몰라. 나는 다 알아. 당신의 마음.

모현　바보, 그러면서 왜, 왜?

심산　미안해. 나는 당신이 반려견이 있으면 좋아할 거라고 생각했어.

모현　물어보지 않았으면서.

심산　그런데 그만 내가 개한테 정이 들어서….

모현　바보….

심산　그래, 내가 바보지….

모현　바보 (심산을 꽉 안는다)

심산　아야,

모현　(얼른 떨어지며) 어디가 아파, 응?

심산　괜찮아….

모현　어떻게 왔어? 응? (심산의 가슴에 얼굴을 묻는다.)

심산　낚싯배를 빌려 타고 왔지.

모현　자기 정말 바보야? 해양순찰선을 타고 들어와야지,

심산　마음이 급했어. 자기가 어떻게 되어 버릴 것 같아서….

모현　이 멍충이. 늘 이렇게 미련 곰탱이라니까. 전화하면 되지, 여기까지?

심산　전화를 안 받을 것 같아서… 그래서 왔어.

모현　바보 똥멍충이, 개만도 못… 자기는 개야, 개. 냄새도 잘 맡아!(심산의 얼굴을 부빈다)

심산　미안해. 내가 잘못했어. 개, 개는 이제 안 키울 거야.

기림이 따뜻한 물통을 가지고 들어오다가 멈칫, 이내 상황을
파악한다.
조용히 다가와 모현에게 물통을 주고 일어서는데 전화벨이 울
린다.
기림이 휴대폰을 보다가 서너 발 걷는다. 이내 통화를 한다.

엄마의 소리 기림아, 기림아. 이 메시지 들으면 꼭 연락 다오. 그
리고 이야기 좀 하자. 다, 다 들어줄게. 네가 뭐라고
하든 다 들어줄게. 꼭, 꼬옥 전화 다오, 온 식구들이
네 전화를 기다리고 있단다. 제발 휴대폰 꺼놓지 말
고, 응? 내 아들 기림아. 흑흑흑

기림이 서서히 나간다.
나가다 말고 뒤를 돌아본다.
등대가 사라지고 등대가 있던 자리에는 무성한 억새풀이 하얗
게 피어 있다.
처음부터 등대가 없었던 것 같은 작은 언덕의 섬 봉우리.
작은 봉우리는 무덤처럼 소박하다.
그 위로 지나가는 두루미.
바람이 한줌 흐른다.

들리는 노인의 목소리
'마음 속에 모든 것이 들어 있지. 안개는 그 마음을 보는 눈이

있어. 힘이 있지. 안개⋯.'

씽잉볼 소리와 무적(霧笛)이 길게 울리며, 무대가 어두워진다.
암전. (幕)

한국 희곡 명작선 170

무적(霧笛), 끝섬에서 울다

초판 1쇄 인쇄일   2024년 10월 16일
초판 1쇄 발행일   2024년 10월 25일

지 은 이   이희규
만 든 이   이정옥
만 든 곳   평민사
　　　　　서울시 은평구 수색로 340 〈202호〉
　　　　　전화 : 02) 375-8571 / 팩스 : 02) 375-8573
　　　　　http://blog.naver.com/pyung1976
　　　　　이메일 pyung1976@naver.com
등록번호   25100-2015-000102호
ISBN　　　978-89-7115-855-5 04800
　　　　　978-89-7115-663-6 (set)
정 　 가   7,500원

이 책은 사단법인 한국극작가협회가 한국문화예술위원회의
2024년 제7차 대한민국 극작엑스포 지원금을 받아 출간하였습니다.